Text copyright © 2015 by Jan Johnston
Illustrations copyright © 2015 by Elliot Kreloff
All rights reserved / CIP date is available.
Published in the United States by
🍎 Blue Apple Books
515 Valley Street, Maplewood, NJ 07040
www.blueapplebooks.com

First Edition
Printed in China 02/15
Hardcover ISBN: 978-1-60905-509-7
Paperback ISBN: 978-1-60905-583-7

1 3 5 7 9 10 8 6 4 2

Sleepy Barker
Ladrador Dormilón

by **Jan Johnston**

illustrations by **Elliot Kreloff**

BLUE APPLE

It is bedtime. Bedtime for Barker.

Es hora de acostarse. Hora de acostarse para Ladrador.

Sleepy, Sleepy, Barker.
Sleep, Barker. Sleep.

Ladrador tiene mucho, mucho sueño.
Duerme, Ladrador. Duerme.

In the dark, dark night, Barker hears a noise.

En la noche tan, tan oscura, Ladrador oye un ruido.

Barker is scared.
Who is howling?

Ladrador tiene miedo.
¿Quién está aullando?

Barker's dad turns on the light.

El papá de Ladrador enciende la luz.

He says, "Don't be scared.
I am here to help you."

Él dice, "No tengas miedo.
Estoy aquí para ayudarte."

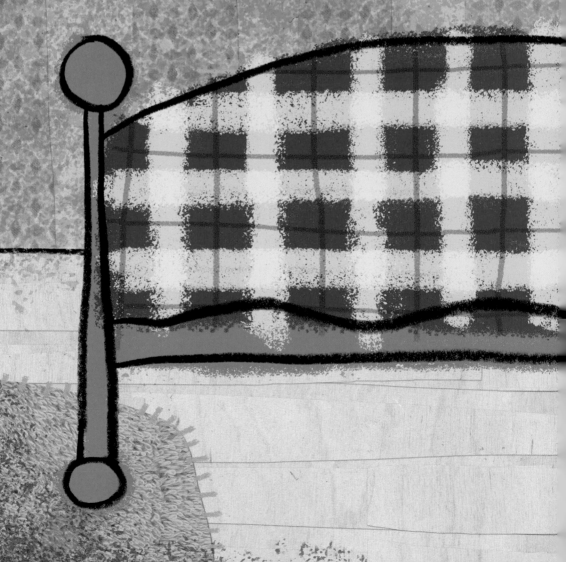

Barker falls asleep.
Everything is okay.

Ladrador se duerme.
Todo está bien.

In the dark, dark night, Barker hears a noise.

En la noche tan, tan oscura, Ladrador oye un ruido.

Woof!
Woof!

Barker is scared.
Who is hooting?

Ladrador tiene miedo.
¿Quién está ululando?

Mommy sits on Barker's bed.

Mamá se sienta en la cama de Ladrador.

She says,
"Don't be scared.
I am here
to help you."

Ella dice,
"No tengas miedo.
Estoy aquí para
ayudarte."

Barker goes back to sleep.
Everything is okay.

Ladrador se duerme de nuevo.
Todo está bien.

In the dark, dark night, Barker hears a noise.

En la noche tan, tan oscura, Ladrador oye un ruido.

woof!
woof!
woof!

Barker is scared.
He woofs
and woofs!

Ladrador
tiene miedo.
¡Él ladra y ladra!

What is boom-booming?

¿Qué está retumbando?

Mommy says, "It is a storm."

Mamá dice, "Es una tormenta."

Daddy says, "Storms are loud.
But they bring rain. Rain is good for the earth."

Papá dice, "Las tormentas son ruidosas.
Pero traen lluvia. La lluvia es buena para la tierra."

In the middle of the night,
Barker hears sounds he knows.

Durante la noche,
Ladrador oye sonidos que conoce.

Barker is not scared.
He knows what is meowing.
Do you?

Ladrador no tiene miedo.
Él sabe qué está maullando.
¿Y tú?

Barker is not scared.
He knows what is making the sound.
Do you?

Ladrador no tiene miedo.
Él sabe qué hace el sonido.
¿Y tú?

Barker is safe.
Everything is okay.
His mommy and daddy
will come if he needs them.

Ladrador está a salvo.
Todo está bien.
Su Mamá y Papá
vendrán si él los necesita.

Go to sleep, Barker.
Good night.

Duerme, Ladrador. Buenas noches.